腎友川柳

黃柏軒 MOMO

1983 年生，台南小孩。畢業於東華大學創作與英語文學系，目前為愛文社負責人，致力於製作各種有趣的個人出版品，曾在逗點文創出版詩集《附近有人笑了》（2014.6）。

2020 年檢查出末期腎衰竭，現在正在體驗新手腎友的人生。

腎友川柳

神的旨意

喜歡晴天

朋友們

推薦序：鄭哲涵

〈他有一條新生的血管——讀《腎友川柳》〉

「買個麥當勞好了，我要薯條和炸雞，吃一點垃圾食物。」

那天，我買了晚餐去找柏軒，我們隨便聊聊最近發生的事、最近看的書、電影跟動漫，〇〇漫畫很讚大推，ＸＸ動畫終於要演到最經典的橋段……那天他還跟我說，他要出第二本詩集了，我當然驚訝又開心，他說靈感突然降臨，數日數週的累積已逐漸匯聚成一本詩集——不過，進行這些對話的場所，不是他的住處，而是醫院的洗腎室。

《腎友川柳》是柏軒病後的生活切片，以仿日本川柳的短詩形式表現，整本詩集分為四部，但意念極其連貫，重複的基礎場景（醫院）與角色（醫生、護理師、其他病人、自己），搭配內心的獨白，構築出各部的主題及餘韻。許多篇章給我若有似無的疏離感，包括醫者病者間的觀念相左：

西醫很愛說『一定會這樣』
『不可逆』『不會好』
他們不知道宇宙聽不懂『不』嗎
——〈跟宇宙說不〉

以及身體發生變化時，肉體與心靈間的不信任：

整個人
被塞在這個身體裡

動彈不得

一輩子

——〈潛水鐘〉

病中的時間流逝與自我意識，也產生幽微的變化⋯⋯

今天越來越像

昨天

再病幾年

明天
也會變得像昨天
——〈無時間感〉

甚至認為自己以前並不虔誠，不會被神佛拯救⋯

生病後
隨時想著佛祖
想著藥師佛

想著我平常對他們多麼冷漠
——〈佛祖〉

就這樣在神明、醫生、與自己之間掙扎戰鬥著。
然而，在病痛的濃重氛圍中，還是看得到幽默的詩句：

吃新的藥粉頭會暈
剛剛才發現
是頭仰太大力了

——〈降鎂藥〉

抽號碼牌〉裝水〉領錢〉批價〉領藥〉打針〉回家

排程的能力變好了

——〈系統化〉

這是柏軒的溫柔之處（有時他會說，這是只有他能使用的地獄梗）。

書寫生活細節的部分，也確實讓我聯想到日本俳句：

好久沒有看見日出

在往醫院的路上

——〈日出〉

單是這樣一句，就有無窮力量與言外之意，再簡單不過的敍述，都藉由詩的形式轉化為更巨大的世界背景，植物、雲、太陽……越單純之物，越值得花費篇幅去寫，那些句子就和呼吸一樣，平時可能未曾留意，但意識到的瞬間，才覺得如此珍貴：

重新可以欣賞葉子的美
花一天跑遍台北
買一盆虎斑粗肋草
——〈虎斑粗肋草〉

沒有盡頭的
東西最可怕不是嗎
所以病來了
——〈盡頭〉

這應該是整本詩集中我最喜歡的段落，從相識之初一起耍廢擺爛，一起出了第一本詩集，到後來學習身心學等十八般武藝，我認識的黃柏軒已經成為一個充滿力量的人，他正與病共處，也因此變得更加強大，他有一條新生的血管，一個新的渠道，他正在寫詩，用詩面對生活，仔細栽種一朵混沌中開出的花。無論這朵花的樣貌為何，我都替他感到開心，祝福柏軒，希望他能這樣繼續寫下去。

推薦序：徐珮芬

〈那夜，我坐在疾駛往急診室的計程車上〉

那夜，我坐在疾駛往急診室的計程車上，清楚感覺到車窗外的夜空中，有一雙眼睛正在凝視我。

我只能雙手抱膝，不敢抬頭。那對瞳孔知道所有的事。

我沒有討價還價的餘地。

「如果可以重來一次的話……」

疾病，會斷開你花了半輩子時間建立的關係，與人的、與生活習慣的。你不得不和單純確實的幸福揮手道別。再見後你才知道「消夜想吃甚麼」這個念頭，真他媽的，一點都不簡單。

明白別人的好意與無能為力，但只是恨。不行嗎？我發現一旦恨啟動了，一切都容易得多。那為什麼不早點放過自己，非要到生病了，才明白呢？

那晚，坐在疾駛往急診室的計程車上，我先怒斥司機關掉吵死人的電子舞曲（終於學會直率），然後雙手抱膝，默默發了願：「如果平安無事的話，我會……」

但其實沒有甚麼「平安無事」這種中性的名詞。死與生，不是泅水就是上岸。那些自以為在橋上看風景的人呵，我好羨慕你們。

不，我不是在諷刺。我是病人，我應該被充分了解但不要被同情。我需要的是寵愛不是集氣，可是如果你連氣都不集，我那餘生不多的氣息，也不會留一絲一縷給你。

從柏軒這些短短的詩裡，我重新看見了那雙浮在夜空中的眼睛。

我們終究要在同一個地方見面，在那之前無法不迷路。

推薦序：李夏苹

〈如果確定回不去了，我們就繼續走下去〉

「晚點跟你說一件跟我有關的事。」

「噢。」

「……所以？」

「我生病了。」

「生理的還是心理的？」

「尿毒。」

「唔？」

「剛剛差點被抓去插管洗腎。」

「啊？」

「最近去做健檢，數據出來很嚴重，做了相關的檢查，也和呈現出來的數據相符。醫生很驚訝我狀況這麼差，怎麼撐得住。」

「欸？有什麼我可以做的嗎？」

「支持我就好。」

「我昨晚崩潰大哭了。」

「！」

「覺得自己可能會死，很害怕。」

「這麼嚴重嗎？你還在醫院？」

「昨天覺得如果一定要洗腎，不如死掉好一點……想了我這輩子除了遇見蘿絲，沒有什麼值得活下去的事情。」

「誰說的，你很重要好不好！別忘了我們還要拍電影耶！吼，我下午去找你，你在哪啦？」

「我在家，等一下去吃飯。」

「你下午在家等我，不准死！」

「好。」

那天下午我跳上計程車，直奔蘆洲去見他，他似乎比平常虛弱遲緩，說話聲音帶著沙啞。一邊聯絡搬家的事情，一邊設計了一張「如果我昏迷了，你可以這樣做」的隨身攜帶卡。傾聽他發病的經過，偶爾問個問題，也以我一貫外星人的角度給予回應，聊天在我終究必須跳上計程車，回桃園參與晚間的活動加班下終止。離別時他看起來放鬆了一些，似乎更接受自身所面臨的狀況，沒那麼絕望了。

但願如此。

隔天早上，我打開臉書，下巴都快掉到地上了。在我離開的大約6個小時後，他也跳上計程車，直衝醫院準備洗腎。

「與其在家裡東想西想嚇死自己，不然勇敢地面對洗腎這件事，你現在就跳上計程車，去醫院開始洗腎！」

那天下午我們聊天時，他引述了一位他認識的老師說的話，晚上他越想越不安，決定照做。

更誇張的還在後面……

「無意中作的抽血檢查，原來我已經是腎臟病末期的患者，如果不開始治療，醫生說會死掉。我現在人在醫院，家人不在身邊，也不方便照顧陪伴。有朋友這一週剛好有空可以來醫院排班陪伴我嗎？」

套一句大學同學盧阿雅的話，底下湧進的按讚和留言「如喪屍一般」，數小時內成立了一個近百人的群組，瘋狂交換物資和排班陪伴的最新狀況，不意外地，群組裡有百分之七十是女性。

接下來的幾天，每篇他的貼文都是刷新視野的高人氣，朋友們的陪伴和鼓勵不斷湧入，想起他曾說「腎臟病對應到的是愛的缺乏」，但我聽到其他朋友說，看了他的現況，其實竟然有點羨慕，擔心如果是自己生病的話，會不會有一半的人關心？如果那些不是愛，那又是什麼呢？

那次住院醫生宣布再給他的身體一次機會，評估看看有沒有比洗腎更好的方法，而他也嘗試著除了西醫、除了洗腎之外的各種療法，直到聖誕夜，他約了許多朋友到家裡交換禮物，結果人又趴在馬桶上大吐，進了急診。

他不在現場的交換禮物趴，朋友們留了許多禮物，錄了影片送給他，最後還把他家清掃得乾乾淨淨，像是沒人來過一樣。

他終於開始洗腎了。

「洗腎到底是怎麼回事？」

2021 年的冬天非常寒冷，我去找他的這一天，地面溫度只有 7 度，他邀我坐在葉片式暖爐前，喝著熱開水，我問。

「就是把你的血送到機器裡，過濾毒素之後，再把血送回你的身體。」

「是喔。那洗腎很貴嗎？」

「不會，健保全額給付，所以不用錢喔。」

「竟然！那最不舒服的地方是什麼呢？」

「原本看影片，覺得針頭那麼大，看一眼就昏了，但實際開始洗，發現可以塗上麻醉膏，其實沒什麼感覺。」

「所以之前都是自己嚇自己囉？」

「是啊。」

「你都自己去嗎？」

「對啊，朋友介紹的診所就在附近，自己去就可以了。」

「你都多久洗一次?」

「一個星期3次，一次4個小時。」

「4……4個小時?」

「對啊，但是我現在很懂得享受洗腎的時光，剛好可以看一部電影，還有時間冥想，這樣也不錯。」

「所以是你自己創造出來，跟自己好好相處的時光嗎?」

「好像是喔。前陣子去花蓮，發現我開始喜歡什麼也不做，就是靜靜坐著看海的時候，我以前很怕跟自己相處，一定要找人，要熱鬧，或許就是這樣，所以才會開始洗腎吧。」

「針插入手臂的時候
沒有想像中痛
世界也沒有靜止」

「失眠
可以早點去醫院搶號碼牌」

「跟許久不見的書店老闆碰面
都在聊保險看醫生和慢性病
『因為我們都是中年人了。』」

「所謂的戰鬥
是每天固定吃藥
早睡早起」

「因為沒有勇氣去死
只好成為生命的鬥士」

洗腎之後，他好像連升了10幾級，連寫詩都變得極有力量。

不信你看下去。

詩人　李夏苹　2021.1.18 凌晨2點於桃園龜山

我來說點悲慘的事
讓你開心開心吧

神的旨意

因為沒有勇氣去死
只好成為生命的鬥士

不管有人陪還是一個人
病人看起來都很寂寞
生病就是一件非常寂寞的事

佛祖

生病後
隨時想著佛祖
想著藥師佛
想著我平常對他們多麼冷漠

神的旨意
我怎麼可能擅自明白

倒數

每一天可能是最後一天
每一秒可能是最後一秒
對我來說
對你也是

醫院走廊

推著輪椅的老人
我沒有比他們厲害

臉

貪婪　憤怒　暴食　色慾　懶惰　傲慢　嫉妒
患者臉上寫著各種病症
我的臉上寫著什麼呢

耳聾嗎你

候診室裡阿北手機音樂放得很大聲
這裡不是耳鼻喉科吧

麥當勞

醫院附近的餐廳
最好吃的是麥當勞

麥當勞點餐

脆雞腿排烤土司
不要生菜也不要起司
飲料只剩嗯柳橙汁

生命的長度

得了腎病生命會縮短
車禍也會
呼吸也會

「有一天我死了你就會想念我了。」
老媽第 2822772 次這樣說的時候
我終於可以回「誰先死不知道。」了

我沒有輸

在覺得自己糟的方面
我是不會輸的

急診室

第一次進急診室很緊張
第二次一直在偷看
哪個護士拿下口罩時最漂亮

住院時一直跟陪病的朋友
講一些只有我能開的玩笑
有些蠻好笑的
大多跟死亡有關

中年人

跟許久不見的書店老闆碰面
都在聊保險看醫生和慢性病
「因為我們都是中年人了。」

以後
進了廁所只要順利留下東西
都得感謝老天一次

偶爾玩個極限運動
在醫院不等電梯爬樓梯

盡頭

沒有盡頭的
東西最可怕不是嗎
所以病來了

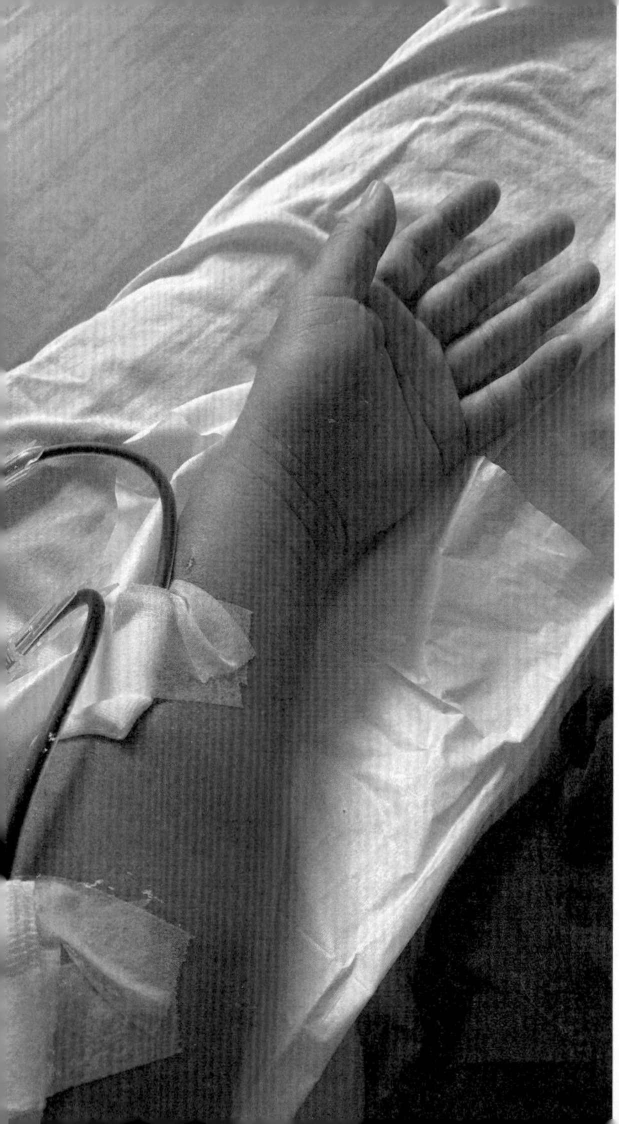

醫生怎麼說

溫泉飯店的櫃檯小姐眼睛會笑
我遮住手臂上的手術痕跡

失眠

早起出門
萬物寒冷

失眠
可以早點去醫院搶號碼牌

決鬥

走進醫院大門，總是握緊雙拳
像要去跟什麼對決

Try

有的醫生愛說「我們試試看」
很想回“do or do not
there is no try bro.”

可愛就是——

可愛的護士
每個暴跳如雷

病人最弱
所以最兇
這不是大家都同意的事嗎

阿婆

要罵就罵到爽不要想道理
醫院的阿婆們
每個都是我的英雄

醫生你還好嗎

看了五六個醫生
沒有一個醫生
看起來健康

西醫很愛說「一定會這樣」
「不可逆」「不會好」
他們不知道宇宙聽不懂「不」嗎

止癢藥

吃了止癢的藥
連其他的感覺都減少了
好像活在清醒夢裡

吃新的藥粉頭會暈
剛剛才發現
是頭仰太大力了

「醫生怎麼說？」
「doctor」
終於可以名正言順
講這個笑話了

可愛的原因

為什麼
護士
都這麼可愛呢
醫生說
因為口罩

深海魚

「你可以吃點深海魚。」
「比如說鱸魚嗎？」我問
「鮭魚之類的。」醫生小聲說
沒一個說對的

正常人

在家的時候
覺得自己是病人
在醫院的時候
覺得自己很正常

系統化

抽號碼牌＞裝水＞領錢＞批價＞
領藥＞打針＞回家
排程的能力變好了

眼鏡

「你今天沒戴眼鏡啊。」
可愛的護士
對於我還記得她感到非常高興

抽血站

「最近很累吧？看起來沒睡好。」
搭訕抽血站的姐姐
是每次看診的樂趣
可以忘掉打針的害怕

壓傷口

雖然全身都是傷口
打完針還是要認真壓十分鐘
我對傷口很小氣的

美人大道

在榮總的景觀池邊
有鵝在游泳
有不受阻擋的陽光
很多漂亮女學生會經過
我的美人大道
住院時的天堂

呼吸法

呼吸
像空氣中有金子

恍惚

身體開始癢了
晚上睡不著
白天想睡覺
隨時都像在作夢

無時間感

今天越來越像
昨天
再病幾年
明天
也會變得像昨天

謝天

大便了
又臭又多
雙手合十感謝老天

你好嗎

「你好嗎」

一直都回答「我很好」的人生

說不定是最糟糕的

「你的瘻管已經成熟了。」醫生說
聽起來像某種水果
掉落在熱帶的沙灘

想著痛
想到要打長長的針
怕死了

勇氣

偷看了網路影片
針好長
勇氣消失了

一天看一次
看久就不怕了

享受著越抓越癢的快感
爽了一整晚沒睡
隔天變得很累

聖誕前夕
進了醫院
一個人看影片
朋友在我家參加
沒有我的派對

上針

針插入手臂的時候
沒有想像中痛
世界也沒有靜止

濃縮

一根針將血抽到機器裡
濾掉水分和毒素
從另一根針送回我的身體
把我慢慢濃縮

被強迫約會

以前捨不得花時間陪自己
現在每週三天一次四小時
跟自己約會

莫非定律

什麼都不能吃之後
想吃的東西反而變多了

練功

洗完腎
躺在沙發上動彈不得
這個姿勢打字
手機像啞鈴一樣重

被叫帥哥

洗腎洗到差點暈倒的早上
護士姊姊盯著我的眼睛說
「你怎麼這麼帥。」
血壓突然回來了

止血後
她幫我反摺了手臂上的膠帶頭
方便我回家撕掉
「以後要寫到你的書裡喔。」

（護士姊姊，我寫在這裡了，就是你，謝謝你）

變胖了

「你要控制食量喔。」
對變胖四公斤的我
B護士這樣說
回答了「好」
這個說謊的胖子

可以揮霍的時間

迷上在洗腎時叫 Uber Eats
躺著看劇吃垃圾食物
當懶鬼也不心疼的時間

什麼都想寫進這本書
護士姐姐問我
戴著耳機時是不是
只聽得到年輕女生的聲音

被分手

「這樣沒問題了
今後你要往前看
不要再往後看了。」
醫生說：
「那我就暫時不約你了。」
被醫生分手的感覺
像六度噴射的焰火閃光

快結束的時候爸媽來了
第一次看到兒子躺在病床上洗腎
媽媽哭了
我覺得非常煩躁
好像做錯什麼事
又怪自己不該這樣想
弱弱的心變成一條銜尾蛇

「你還好嗎？」
「爛透了唷。」
開始敢這樣回答。

所謂的戰鬥

戰鬥

所謂的戰鬥
是每天固定吃藥
早睡早起

整個人
被塞在這個身體裡
動彈不得
一輩子

洗腎之後
開始想通
一些簡單事實

尿遁

以後如果說「我去尿個尿」
馬上會被看穿了

*洗腎後會變得沒有尿，看電影時方便了許多。

以後
難過或辛苦工作之後
沒辦法再吃大餐慶祝了

新生最討厭

從東區騎車回溫州街
走建國
比走金山快
兩者都比新生快

回家

從中山北路回溫州街
在圓環轉信義就好
不用繞到羅斯福

幻想

春想花長紅
人想常安樂
都是做夢

重要的東西都在心裡
現實只是記憶的紀念品

紀念品就是
除了搬家不會去關心的東西

逆熵

睡醒後折好被子
會感到神清氣爽
我在對抗宇宙增長的熵

草莓奶油餅乾

冬天早上的陽光
有時候聞起來
像草莓奶油餅乾

心情不好的時候
煮咖哩飯就會恢復精神

發現自己有示弱的習慣
要的都是情緒勒索
道德勒索的路子嗯

問題

病不是問題
你才是問題

蚊子叫我起床尿尿的時間

半夜打不到蚊子
跟你做錯什麼事／有沒有拜拜／是不是一個好人／
有多想休息／多生氣／多沮喪都無關
跟生病一樣
任何人生中值得一提的小事
都跟你無關

又不是搶答節目

過年
老媽一直搶答親戚的提問
有些說得不正確
沒關係了
我不再希望自己
這麼需要正確

默契

過年期間能說上幾句話的
只有切掉一顆腎的三伯
和肋骨骨折的大伯母

黃金糖

回鄉下
回答各種關心
累了
坐在土地廟吹電扇
吃一顆黃金糖

喜歡晴天

宗薩蔣揚欽哲仁波切說
無論發生什麼事
你只要繼續觀察就好
觀察是你此生能做的最好的事
這件事比所有眾神的神通都強大

每打出一個喜歡的字
就像敲出一支安打
我終於成為真正的寫作者
在一人的球場上揮棒

「人生已經夠苦了。」
「人生不用太認真。」
會說這種話的傢伙
生個病之後就好了

長大好嗎

只有小孩子
才會想寫悲哀的詩

你聽懂笑話了嗎

成為悲哀的大人
才能聽懂真正好笑的笑話

限水之後
連喝水
都變成享受

＊洗腎後，水分攝取量必須限制，
才不會導致身體積水。

申請身障卡

申請重大傷病卡時
怕自己病得不夠嚴重

申請重大傷病卡
服務人員問：你能自己一個人生活嗎
眼淚快掉下來

創造

有了一
就有二
有二
就有你我
就來到了戰爭

死是多麼豐盛
生是多麼豐盛
中間的一切
都是必須的

聽歌

聽見有人在工作時唱歌
覺得世界非常美好

童年
只要遇到阿德哥就有吃的
肉粽　四神湯　在我頭上的柚子皮
我長大後也要像阿德哥一樣厲害

吃飯

在以前有阿德哥出沒的市場
老媽買了咖哩飯　壽喜燒
很燙的四神湯
老爸也來了　二舅也來了
不知道為什麼沒人坐下
大家圍著桌一聲不吭地吃著

還好只是夢

曾經夢見過
我在洗腎
在醫院被綁著不能動彈
醒來之後好高興
還好只是夢

預言

有人說
你可以夢見未來
但你不會記得
即使記得
也不知道哪些真的會發生

也許我們只是醒在同一個夢裡
所有祖先和平行時空的自己一起做夢
醒時
億萬年的輪迴疲憊如火花
過眼即滅

你沒有更好的命運

你的命運
跟你無關
不是你造成的錯誤
是本來就該如此
像唱片上的音軌

人生就像音樂

人生像一首長長的歌
定速播放
創造了時間的幻覺

只是剛剛好
一首歌唱到
令人痛苦的橋段
痛苦是這首歌的亮點

跑演職員表的時候很難認真看

其他部分
就不一定誰負責了
你只知道自己有參與＊

＊引自《愛爾蘭人》

片尾彩蛋不是每部片都有

故事佔了上風
現實時常有誤*
你只知道自己有參與**

*引自《銀河便車指南》
**引自《愛爾蘭人》

此刻的微小事物
皆是未來的根源父母
在當下卻無法認出

虎斑粗肋草

重新可以欣賞葉子的美
花一天跑遍台北
買一盆虎斑粗肋草

桂花

溫州街十六巷口的桂花開了
出門散步
泡在花香裡

看雲

看到雲
覺得雲很美
一下子在這邊
一下子在那邊
一下子不見了

呼吸

小心呼吸
怕句子
被吹走

合一

越來越難把兩個點看成一條線
無法把任何兩件東西當成兩件東西
手上拿著的什麼總是掉落
我是宇宙的一部分

喜歡晴天

折好被子
放進櫃子
離開洗腎中心
陽光曬暖了身體
我喜歡晴天

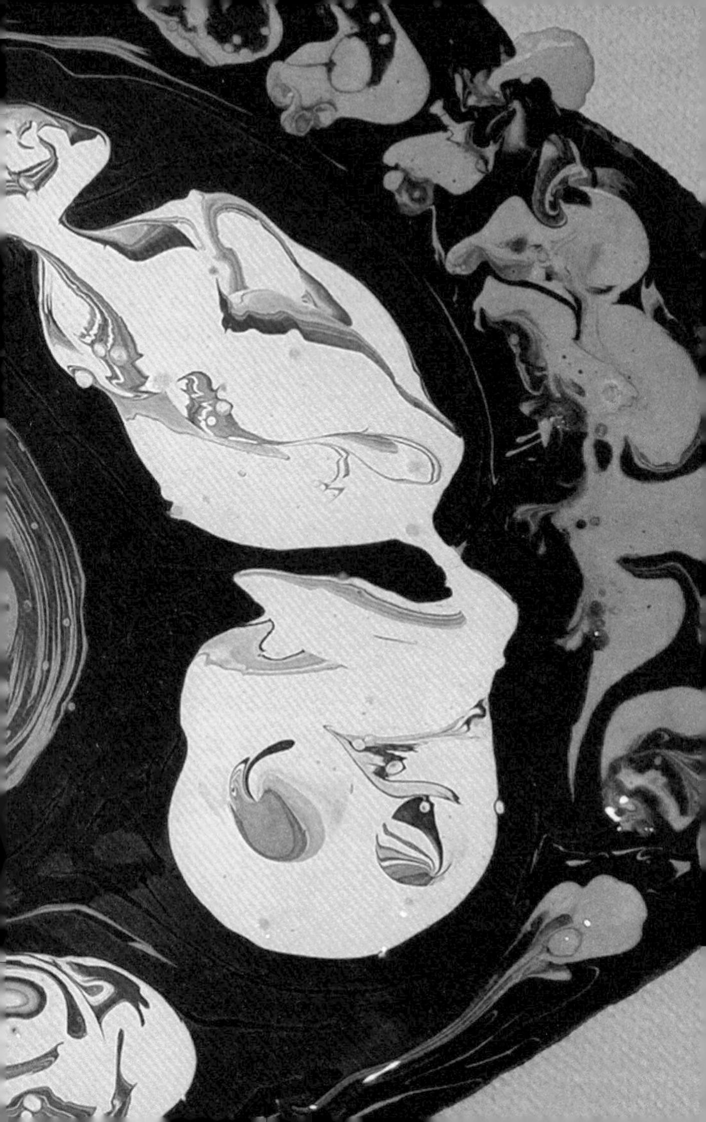

後記：黃柏軒〈還是要有片尾彩蛋才不寂寞〉

故事已經說了很多次，但還有許多值得說。

這半年過得瘋狂，卻是人生中最重要的日子。

2020 年七月，檢查出了末期腎衰竭的瞬間，腦海裡只有疑惑。

三十八歲，平常有在練太極、氣功，不菸不酒，還學了一堆身體開發技法的我，雖然多少感覺到這半年身體不太對勁，但怎麼會沒覺察到身體生了這麼嚴重的病？

醫生說，要馬上去洗腎了，數值已經太差，不洗恐怕這幾週就會死。

死。曾在創作、憂鬱時用過無數次的這個字眼突然成為現實，竟還是難以理解，曾經以為自己是放得下的，只是以為離死還遙遠產生的錯覺。

這段時間，我過的是什麼日子呢？

後來想想，差不多就是傳說中的「哀傷五階段」(Five Stages of Grief）吧。

第一階段「否定」，從被醫生宣判要立刻洗腎開始，腦中只有：「應該是檢查錯誤了吧？」「不可能吧！」

接著進入「憤怒」：「為什麼是我？」「我做錯了什麼？」

見到醫生後，進入第三階段「討價還價」：「再給我一點時間吧！我會努力控制飲食的！」「我能不能先試試看針灸、氣功？」

在試了幾個月都沒有成效後，我進入了「沮喪」階段，父母的「關心」在此時聽起來都像是催促我趕快去洗腎的恐嚇，在這階段「憤怒」也成了我心裡的常駐來賓，我就在第二到第四階段間不斷擺盪著。

這段時間，感謝身邊有些很好的人，他們輪流接住了我，讓我有這樣的幸運，可以坐在這裡寫下這些詩句和文章。

好像前半生過去讀過的所有身心靈法則通通都歸零，好像我從來沒練過，都只是在旁邊看，還業餘地覺得自己都懂了：外在世界是內在投射、你內在的力量可以改變一切、承認事實是最重要的基本功、拋棄偶包並斷捨心中所有「應該」才能取回力量、讓情緒自己發生不要干涉只要觀察……

直到那一刻面對生死，才發現自己幾乎沒有在心中真正重要的地方有一點累積，卻也在這一刻，才蹣跚地踏出第一步。

當我走到第五階段「接受」，已經是在2020年的聖誕節。那天，我邀了許多朋友一起來家裡參加聖誕趴，卻在活動開始前上吐下瀉，心中知道，我不斷推遲的那件事即將要發生了。

那天，我住進了急診室，過年前一天出院，我已經是開始洗腎的腎友了。

過程來得很快，卻也沒有想像中恐怖。

到寫這篇文章的此刻，已經過了三個月，這三個月感覺就像是一瞬間，記得的一些片段，總是在準備洗腎和洗腎中。

有人告訴我，所有疾病都對應著我的身心狀態，疾病是最誠實的朋友。我想它要告訴我很多事，而這半年多來，我也看見了許多過去自己不願承認，或是一直沒看見的真實自我。

比如說，過去的我總是很難一個人獨處，不願意留時間給自己，總在往外跑，總要找事做，現在生了病，被強迫每周有三天跟自己獨自約會，每次四小時……然而這過程卻意外地非常享受。一個人追劇、看電影、看書，累了就睡覺，餓了就叫外送，四個小時一下過去，中間還有醫生和可愛的護理師們輪流跟我講話，非常療癒，除了有時脫水的量多一點會不舒服，沒什麼好抱怨的了。

比如說，過去我是個嚴重的拖延病患者，什麼事都要拖到最後一刻才願意做，現在只要告訴自己「不一定有明天」，心裡突然就有了一股力量，能立刻去做事。

又或許，這個病逼著我看見自己過去自以為是的懦弱、懶惰、自私，其實都是過度努力的副作用。我一直努力地追求著實現心中的「正確」，然而那些正確卻從來不曾帶給我幸福。而那些懶惰和自私，反而為我留了一點空間，讓固執的我得以在想像的獨裁中存活。

沒有什麼比自己奴役自己更可笑的，也沒有誰能讓我變得幸福，除了我自己。

而痛苦到底是什麼，這無盡的不滿足到底是什麼？

有位好友幫我做了一次催眠，引導我回溯人生中許多段痛苦的時光，我卻在訪問那些時刻時驚訝地發現：那些我認為非常痛苦的日子，在現在看來都無比幸福、美麗，我能記得那些日子的好天氣、身邊好友陪伴、時刻開心，獲得許多珍貴禮物，那些讓我一直覺得痛苦的只有兩類事情：一種是有明確結束時間的，比如聯考、畢業、比賽、選舉，一種是不會結束的，比如說家人、無價值感、自卑感、沉溺於憂鬱。而事實上，我面對這兩者幾乎沒有影響力，也因此完全不需要去刻意處理。事實證明，那些曾經讓我糾結許久的痛苦或不足感，往往在時過境遷後就自動消失了，並不是我的功勞。

透過回溯過去，我發現我一直太想解決當下的痛苦，反而掩蓋了生命中的光，為的只是不滿足：我以為人活著就要一直追求完美，當有任何東西不夠好，總得有個人負責，要不是我做了錯誤的選擇，要不就是別人要背這個責任，無論如何都要努力補救，而日子就在無盡的挫折感中度過了。

然而，生病後我發現我再也無法當一個完美的孩子了。或者我從來就不是。

必須開始接受自己的不完美。第一步，是不再對別人對自己說：我沒有錯、我是正確的。第二步，是不再對自己說：我是錯的、我又搞砸了。

一個做登山環島導遊的老友曾經靜靜地看著我，聽了我的狀況後說：

「明白，是條長路。」

他的口氣很平靜，就像是看著一條通往遠方的步道，對一路該付出的辛苦心裡有底，也知道該用什麼樣的心理準備走上這條路。只是千百條將走過的路其中一條。四季會繼續流轉，命運也不等人，無論對抗或是放棄對抗，總是在流動著。

我很感謝他說了那句話，也許他不知道，這多少讓我從痛苦中解放了出來。

另外一件讓我從痛苦中解脫出來的，就是這本書裡的詩了。

記得那是九月還是十月，一天晚上，我跟母親吵了大大的一架，她說了非常傷人的話，我也狠狠回擊了她，晚上我躺在床上氣到發抖，用她那些可惡的話語拷打自己，整晚失眠。隔天要回診，我想著隔天檢查的數字肯定要更難看了，這段時間看醫生勉強撐起的一點點腎功能想必又要降到更低了，想著想著根本睡不著，就在早上六點天剛微亮就跳下床，決定提早去榮總領號碼牌。

記得那天早上相當寒冷，我一個人騎車走羅斯福路，行經國家戲劇院那個大路口時，太陽從大樓間露臉，暖暖地照到我的臉上，腦海中突然浮現了一句詩：「好久沒有看見日出／在往醫院的路上」；當下心裡突然有了種奇特的感覺，立刻停車脫下手套，在手機上敲下了這首短詩。再騎了一段，立刻又想到一首：

失眠
可以早點去醫院
搶號碼牌

——〈搶號碼牌〉

這樣的格式對我來說很新奇，好像從來沒有寫過如此坦白又清晰的詩，想起原來自己是在仿照前陣子網路上流傳的一篇「銀髮川柳」，這是一系列老年人的川柳比賽，短短三句詩，很精準的寫出老人生活中的苦難與幽默。

於是，就在那個 2020 冬天凌晨往醫院的路上，我停停走走，寫下了大約十來首這樣的小短詩，奇怪的是心情突然從極度惡劣一下子變得平靜，因為失眠和憤怒僵硬了整夜的肩膀也放鬆了。當我到醫院，在看到檢查報告前，我不斷寫著這些小小的川柳，忘了自己身為病人的痛苦，像是用第三人稱視角報導著一個熟悉的朋友眼中的世界。

原來，寫作可以這麼愉快。慚愧一直自認為是個寫字的，卻到這時候才享受到寫作的力量，真的能讓你脫離原本深陷的泥淖，將原本難耐的痛苦轉成一首首作品。這是多麼奇妙的賜予啊，我深深感謝過去那個沾染了寫作習性的自己，也感謝讓我可以寫下這一切的所有機緣，這麼一想，就也感謝起前一夜讓自己如此氣惱的母親了。

並沒有，其實還是很生氣。但是當寫成詩句後，一切突然變得像在看電影，不但不痛苦，有的還很好笑。

決定出版這本書後，很多人問：你出這樣的作品想傳達什麼？

我想，無論你是健康或生病，若其中幾首能讓你笑出來，或讓某個病友脆弱時讀到這些句子，發現自己不孤單甚至得到一點力氣，讓他能有一秒鐘不在原本的痛苦中徘徊，能喘個一口氣，這本書就值得被印出來。

陸陸續續寫了幾個月，我發現自己開始喜歡寫一些過去不屑寫的小事，包括用一些過去不會用的詞彙，比如說：

從東區騎車回溫州街
走建國
比走金山快
兩者都比新生快
——〈新生最討厭〉

有時候，把一些傻氣的想法說得好像從沒人知道一樣，野人獻曝地獻寶，心裡竟然出現了強烈的愉快；以前寫詩是為了掩蓋真心，現在，把一些真正發生的事寫下來，反覆看著，竟巴不得趕快給人讀讀，完全變成了暴露狂：

溫泉飯店的櫃檯小姐眼睛會笑
我遮住手臂上的手術痕跡
——〈溫泉旅館〉

太多想要分享的，通通都在詩裡了，總覺得放了太多東西，可以編得再更好一點、再更好一點，但再不出版就要拖太久了，既然是一本野人獻曝的書，那就讓它野放一點吧。

非常謝謝所有支持這本書的人，也謝謝現在讀著這本書的你，這是我第一次寫了些東西覺得真有趣想分享給人看，像小時候畫了些爛漫畫跟朋友交換看，看了被罵句「變態！」「笑死！」我覺得都很好。

也想對未來重新讀到這裡的我說一聲：「此刻的我覺得活著還不賴，祝你能一直回憶起這樣的感覺。」

生病給了我無比巨大的能量，改變了我的人生，短短幾個月，發生的故事已經說不完，原本寫了一篇落落長的文章，發現光大綱列出來就至少要寫個三五萬字不可，還是留到下一本書吧。

我們就那時候見了。

柏軒 2021.3.8

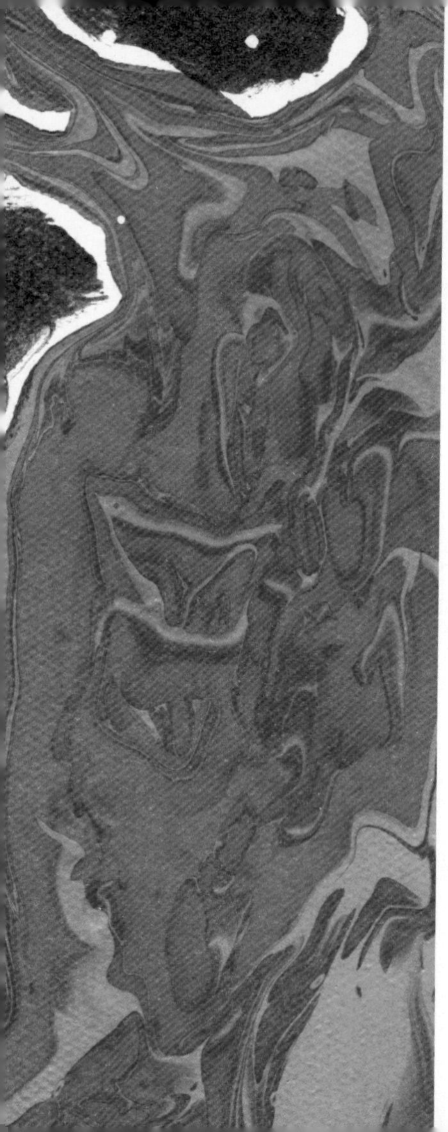

請大家不要尷尬，跟我們一起大笑即可

余秀芷（漢聲電台《45度角的天空》主持人）

忘記哪一天，我看到臉書上柏軒訊息中寫著，要開始洗腎了。

我一方面感到驚訝，年紀輕輕的他。一方面再想想自己，不也是年輕時就癱瘓？無常從不刻意進行挑選。

接著，我收到了柏軒寫的書，心想，這應該是一本需要花點時間，靜下

來看的書，因此在許多個線上會議、線上錄音工作中，他就躺在我的書桌上等著。

昨天夜裡，我將「臀友川柳」翻開來，每一篇短短的文字，衝擊力卻如此之大。

衝擊力來自於他的幽默，短短的幾行字讓我噗嗤的笑了出來，但隨之而來的是好多畫面，文章裡的好多狀況，都曾發生在我生命中，有些想法，又是這麼樣的相同，那些只有自己可以開的黑色笑話，到現在偶爾都還是會拿出來嚇一下大家，弄得跟我對話的人想笑又不敢笑的尷尬。

事實上那是種邀請，邀請大家一起面對看似悲傷的歡樂，如果笑完之後有種淡淡的哀傷，那是正常的現象，畢竟生命就是悲喜交織的過程。

面對只有自己最清楚感受的病痛，真的需要一些幽默來調解一下那種孤獨感。

我已經能預知接著採訪柏軒的那一集節目，應該是一集一路笑到底的黑色幽默，請大家不要尷尬，跟我們一起大笑即可。

＃謝謝柏軒

＃看這本書一直笑著說我懂我懂

＃我懂你在說的笑話啦

秀芷的節目：請搜尋「45度角的天空」

「媽媽，現在是不是已經沒有人寫詩了？」

蘇郁婕（同心圓・遊藝塾 CIRCLE HOUSE 負責人）

最近無意間背了不少唐詩的桐姑娘

昨天晚上忽然問我

桐：「媽媽，現在是不是已經沒有人寫詩了？」

婕：「還有喔，而且妳就認識一位詩人喔。」

桐一臉詫異，有點不敢相信

一臉努力回想中

可能正在試圖搜索到底曾經看過誰在吟詩作對

「詩的形式有很多種，現在人寫的詩跟以前不太一樣，也很美。妳知道妳認識的詩人是誰嗎？」

桐抬頭看著我，期待著答案揭曉

「momo 叔叔。」

桐露出笑容，像是毫不意外，同時也覺得驚喜有趣。

「妳不就唸過他的詩嗎？上次媽媽邀請妳一起唸。」

桐回想起來了，笑得更開心。立刻唸出她上次一起讀的詩。

桐桐朗誦：

脆雞腿排烤土司
不要生菜也不要起司
飲料只剩嗯柳橙汁
〈麥當勞點餐〉

去年的這個時候
我跟 mo 約在他家對面的肯德基碰面

他是我所看過
對媽媽與幼兒的包容度最高最高的未婚男性

每次我誇他厲害
他總說「媽媽才是宇宙最強」
然後彈性地接受我
帶著兩個小孩在身邊一起工作
總是無可預知的任何變動或不確定性
約在肯德基

純粹只是他配合我
想找個方便停車、可以趁機餵食小孩
讓我們趁隙開個小會的地方

那個下午的陽光好美好美
就在我去點餐的空檔
他單獨和孩子們留在座位上
等我回來時
他已隨手用手機幫孩子們

拍了好幾張充滿靈性的照片
搭上那天的陽光
超級夢幻

那個夢幻的下午
我們用孩子吃掉一個蛋撻的時間
很有效率地討論完當天的公事
雖然他依舊脈絡清晰
很快整理說明完

要跟我討論的事情
但那天的他
有點心神不寧
氣色也不是很好
看得出來不是睡不飽
而是有些煩惱困擾著他

我指著托盤上的食物
跟他說有想吃的隨意拿

他巡視了一輪，頓了一下

說「這些都……不太適合。」

我有點嚇一跳，

問他「怎麼了嗎？是……在調養身體嗎？」

講話一向流利的他

頓了頓

像是一時之間也解釋不清楚

他說，他這陣子的身體一直不太舒服

像是爬樓梯上五樓，居然喘到不行
一定得在中途休息，才有辦法繼續上樓。
看了好久的中醫
直到最近才終於找到原因
好像是自律神經失調。
「我應該也自律神經失調」我說
因為我已不明原因的耳鳴了兩三年
又長期只能在孩子都睡了以後熬夜工作

我們討論了一些自律神經失調的原因與治療

孩子們吃完了蛋撻，

我們的談話時間也差不多得結束了

起身下樓，陽光還是好美好美

站在陽光下，揮手道別前

momo 認真看著我，溫暖地說了句

「好好照顧身體喔」

我對他笑了笑，說了希望他也是……之類的話。

12天後，momo 在臉書上
宣告他末期腎衰竭。
我無法停止地回想起那一天的陽光。
還有他最後對我說的這句話。
我竟然讓病得這麼嚴重的他
反過來提醒我，好好照顧身體。
想到就覺得好荒謬，又無力又難過
但也正是他一向很照顧觀看

自己跟身邊朋友的身心狀態啊……

所以病痛有時

真的不是你做了什麼或沒做什麼

就是這麼沒有理由的降臨

來提醒你些什麼。

一個月後，momo 跟我說，

他領悟到了

自己就是一個怕衝突、即使再不悅也不斷妥協

《一ㄥ到無法負荷了，最後直接爆掉的人
就跟腎一樣
它就是一個這麼樣默默承受的器官
等到你發現，它可能有點狀況時
就已經再也無法挽回或改變什麼了

所以momo開始洗腎後
成為了他自己口中的「暴露狂」
不再害怕顯露自己真實的心情與想法

他剛住院時
我很擔心他，又怕過多的關心造成他的負擔
所以跟他說「有任何需要幫忙的地方，請隨時跟我說」
他毫不猶豫地回答「好，我不會客氣的唷」
然後我就放心了

幸虧他的不客氣
住院期間，多達80幾個朋友
自發性地開 google 表單排班

從早晨到半夜，不斷接力去醫院陪病
帶著他走出病房，曬到陽光
陪著他振作起來
然後，他出了這本書
好美好美的書
封面很像是仰望著樹葉之間的縫隙
透出一點陽光
看到一半，忍不住哭了
這明明是一本蠻好笑的書

但這些看似輕盈的句子
是由多少拖著身體的承受轉化而來

明白
跟幸福無關
〈懂了嗎〉

那些再普通不過的日常
其實都變得珍貴而美麗

認真地感受每一天
其實或許才是我們每個人來到這世上
真正需要學習的事
這本書有好多讓人眼睛一亮的詩
但我好像最喜歡
【喜歡晴天】這個章節
即使是悲傷的體悟
也帶著陽光的力量

折好被子
放進櫃子
離開洗腎中心
陽光曬暖了身體
我喜歡晴天
〈喜歡晴天〉

同心圓・遊藝塾 CIRCLE HOUSE
地址：234 新北市永和區信義路5巷15號1樓

做鬼臉的人

李姿穎 Abby Lee（文字工作者）

不知道還有多少人像我一樣叫他 momo。

知道他檢查出末期腎衰竭後，我慌張地問我沒得過腎衰竭的母親：「這會很痛嗎？」

末期，那就像研判一個人的生命已經接近終點，曾經指引我面對生命的醜臉的 mo，用這本書對生命做了一張鬼臉。

「神的旨意／我怎麼可能擅自明白」——《神的旨意》

我與 mo 相識在大學打工的咖啡店，那時他沒事就來，熟到可以進吧檯，我們應該不只一次一起手沖與杯測過。對當時的我來說，他只是店裡的客人，他們會一群人在那裡起開讀詩會。進入職場，工作領域重疊，我才發現，天啊，怎麼好像全世界都認識 mo。因為工作聯繫，久之能說上更多話，他時不時就會問我：「還好嗎？」當時我是個無法自信回答

「好」與「不好」的人，但他仍然耐心地關注我的「還好」。後來，一年可能會出來見一兩次，當時對於生理男性的任何小毛病都十分挑剔的我，居然對 mo 說：「正妹，要不要出來吃飯？」毫無反感。

或許因為，他就像早餐店阿姨，對著所有人都喊正妹*。

我在讀《腎友川柳》時，感覺那並非腎友專屬，而是給有病的體驗的人。那也真像他的早餐店阿姨性格，雖然是簡單的用字、平凡的炒料，但怎麼搞的，大家都覺得這種阿姨味蛋餅滋味真好。我很喜歡我家附近有個

*並沒有。（作者註）

大樹下的蛋餅，說實在，那不是什麼高深莫測的口味，可是，只有那個阿嬤煎得出來。

我總是為他像縮小放大燈般的視野感到驚喜，「得了腎病生命會縮短／車禍也會／呼吸也會」，將時間的觀念打散，也是他使用熵的穿越回到無病者的日常，以「每一口呼吸生命都在消逝」提示有病者的體感。

稱不上修行的人，但遇見 mo 以後，我讀了許多宇宙之書。一次我們在 Sugar man，他送我一片白鼠尾草，教會我心靈也能焚燒，那一刻他是我的薩滿。我曾經對他告解過，沒想到他並不像一名長者提醒我要如何與怎樣，而是一起抱怨起了母親。他作為我痛苦的前輩，那種有些流氣的樣子倒是很賞心悅目。在那個異常憂鬱與慣性靠近痛苦的時期，我早在他的行動讀到如今的的詩：西醫很愛說「一定會這樣」／「不可逆」「不會好」／他們不知道宇宙聽不懂「不」嗎。

讀到〈銜尾蛇〉時鼻酸，幾頁後看〈新生最討厭〉笑了，能夠在這樣爛透了的人生面前，爽開台北市的玩笑，也只有他了吧。

因為他是自己的鬼，他才仍是自己的神，複誦：「病不是問題／你才是問題」

病者對陽光敏感，他寫冬天早上的陽光、失眠後的日出、舒服地曬太陽，一個人介於想活跟活不下去之間，因為普通不過的、極其微小的事物活了下來。

想起他在後記與詩裡提起的「明白」，我忽然明白了，他寫字的姿勢。我並不相信「神會給你你能承擔的苦難」這種說法，但，他終究是承擔了。

我知道，要把字寫得簡單，對一個寫字的人來說，是一件多麼困難的事。如同生命。

拍照時候，有那種愛給「做鬼臉」cue 的朋友，我是會先看別人有沒有做再做的類型，另外還有一種假裝有在做但是超仙氣的（怒）。mo 是那種，不管旁邊有沒有人在做，又有誰目睹鬼臉的誕生，總之，我就這麼醜了。

李姿穎 Abby Lee

1993 生，曾任女人迷編輯、BIOS monthly 副總編輯。《台灣詩選》收錄以後不寫詩了。養育一座陽台，與被養，現役園丁。離線專業戶，不讀「在嗎」。還拿著筆，相信橡皮擦也是書寫歷史的一部份。

我的朋友叫黃柏軒

劉崇鳳（作家・大學同學・美濃同鄉）

大學時，我違抗母親的心願進入成大中文系。
後來迷上登山，我總是班上缺席的那一個。
但我還是知道，我似乎進入了一個奇怪的班級，
這個班很多人寫詩，
他們用精煉華美的文字說故事，
預留很多想像空間，像夏宇、羅智成那樣耐人尋味。

其中有一個寫詩的傢伙叫黃柏軒，
奇怪他的詩我看不懂，
他用字非常高深，都有很多筆劃，
很多字我不會唸而且詩都超長……
我的好朋友張卉君說黃柏軒寫詩真的很厲害，
（她擔心寫不過人家）
可是我看不懂，厲害也不懂。
只知道黃柏軒的詩常拿文學獎，
（跟張卉君是死對頭）

只能說我讀詩真的有待加強。

有一天，黃柏軒跑來跟我裝熟：

「劉崇鳳，妳是美濃人？」

「嗯。」怎樣嗎？

「我也是美濃人耶！」黑鏡眶的大個兒搔頭的樣子很有趣。

（那時我根本不在乎老家的存在跟我有什麼關係）

我們交集不多，

劇展、詩展、手指頭數得出來的咖啡館。

其他時候，他寫他的詩，我爬我的山。

學校畢業以後，他就不寫詩了。

不寫詩好多好多年，

直到我出書，他邀我去他自籌的空間辦分享會。

「你有寫詩嗎？」我問。

「沒寫好久了。」他說。

「什麼時候才會再寫？」我追問。

他看著我，彷彿那時不需要想這個問題似的。

「我會一直等下去，等你再寫詩。」我說。

他有編輯和其他工作，他覺得我很奇怪。

我就是惦念著他會寫詩這件事，死忠地相信，

彷彿非常年輕的時候我就知道了：

詩是他的生命。

雖然……嗯，我看不懂。

我等了很久，一直想不透他為什麼不寫了，

那曾經他最愛的創作體裁。

等到我寫了下一本書，某天就得知他去洗腎了。

洗腎？！我們還沒中年耶，怎麼突然就去洗腎啊？

他的人生急轉直下，醫生說再不洗腎他就會死掉。

嗯，柏軒導演，這不是你寫的文學獎劇本吧？

我知道你喜歡在文字裡談死亡，

不過這次有點荒謬而且沒有鋪陳醞釀……

他腎衰竭末期確診後，某次我們通聯，

那時我剛好在張卉君家，

和大學一樣我們提及死亡，

我說張卉君最近很憂鬱正想死，

黃柏軒認真跟我說：

「等一下，死掉不是你們想的那麼一回事。」

管他寫什麼詩，興高采烈地跟張卉君等人合購，
基本上就是一種盲目的支持。
我知道我負責購買收藏，但不負責讀完，
因為我看不懂黃柏軒的詩，數十年如一日。
可是！！
那一天，我收到了詩集《胥友川柳》，
隨意翻翻，莫名坐了下來，
開始細看，呃，我下巴要掉下來了——
我看懂黃柏軒的詩了？！

怎麼會？他的詩怎麼變得這麼簡單、這麼可愛？

生一場病努力活下去，會換一個腦袋嗎……

那本詩集連先生小飽吃早餐時都能拿來看～

——

〈你還好嗎？〉

「你還好嗎？」

「爛透了唷。」

開始敢這樣回答。

——

「這也算詩嗎？」小飽不無驚訝地問我。

「嗯，黃柏軒寫詩很厲害。」我說。

（這麼多年了依舊如此）

——

〈申請身障卡〉

申請重大傷病卡時

怕自己病得不夠嚴重

——

這一次，黃柏軒真的嚇屎我了，

他的詩又短又簡單，出其不意且富寓意，
能在死亡陰影的透亮中會心一笑，
我坐在那裡一頁頁讀著，
突然有點擔心太快讀完。
完蛋了，
這世界誕生了一個新的病人的同時，
也誕生了一個新的詩人。
就是我的同學黃柏軒。

——

〈打者就位〉

每打出一個喜歡的字

就像敲出一支安打

我終於成為真正的寫作者

在一人的球場上揮棒

——

我有一個朋友叫黃柏軒，他常常寫詩（也常常洗腎），

他的詩淺顯易懂，讀了能珍愛生命，

我就這樣火速讀完黃柏軒的詩集《腎友川柳》，
而且直接宣告，我喜歡這樣的詩。
覺得命運悲慘的時候，
《腎友川柳》可以幽默我、點醒我。
呵呵，這位詩人朋友，恭喜復活，
耶，繼續寫詩到世界末日吧！

崇鳳的作品：

《女子山海》2020，大塊

《回家種田：一個返鄉女兒的家事、農事與心事》2018，遠流

《我願成為山的侍者》2016，果力文化

《聽，故事如歌——邊疆抒情搖滾》2008，天下文化

腎友川柳

作者：黃柏軒
執行編輯：李夏苹
封面設計：康如嫻
內文排版：康如嫻
出版：愛文社 https://www.facebook.com/lrwinsaga/
發行人：黃柏軒
地址：106 台北市大安區溫州街 16 巷 14 之 2 號四樓
電話：0922983792
ISBN：978-986-97298-6-4(平裝)
定價：380
頁數：256
版次：二版一刷
裝訂方式：平裝
出版時間：2021 年 09 月

國家圖書館出版品預行編目(CIP)資料

腎友川柳 / 黃柏軒作. -- 二版. -- 臺北市 : 愛文社, 2021.09
256 面 ;10.5x15 公分
ISBN 978-986-97298-6-4(平裝)

863.51 110013198